Das außergewöhnliche und seltene Werk

Ein Märchenbuch für Erwachsene

erscheint im Rahmen ausgewählter Literatur
als exklusive Reprint-Ausgabe in der
Historischen Bibliothek des Melchior Verlages.

Nachdruck der Originalausgabe von 1908
nach einem Exemplar aus Privatbesitz.

M
Reprint

ISBN: 978-3-939791-47-8

EIN MÄRCHENBUCH FÜR ERWACHSENE:

VON JEAN QUI RIT
ILLUSTRIERT VON
ART. SCHEINER.

Inhalt.

Die drei Schlüssel.

Es war einmal ein Schlossergeselle, der war so hübsch, daß alle Frauen sich in ihn verliebten. Auch war er so geschickt in seinem Handwerk, daß es keinen Schlüssel gab, den er nicht nachzubilden, kein Schloß, das er nicht zu öffnen vermochte. Nachdem er sein Meisterstück gemacht, begab er sich auf die Wanderschaft. Eines Abends kam er in eine große Stadt am Meer, die von einem düstern Gebäude überragt war. Es glich mehr einem Kloster als einem Palast. Mit einem Kruzifix wurde die Glocke gezogen, ein großes Kreuz hing an der Schloßmauer, Bilder von Heiligen und Märtyrern waren in die Wände eingemeißelt.

In der Herberge, wo er übernachtete, erkundigte sich der Schlossergeselle, ob er in der Stadt oder im Schlosse Arbeit finden würde.

„Für Schlosser gibt es keine Arbeit,“ war die Antwort des Wirtes. „Macht, daß ihr fortkommt, es könnte sein, daß der König euch selbst schließen ließe, nämlich krummschließen und in das Gefängnis werfen."

„Sagt einmal," erwiderte der Geselle, indem er nach der Stirn deutete, „euer König ist wohl hier nicht ganz richtig?"

Der Wirt zuckte mit den Achseln. Er rückte dem Gast etwas näher.

„Jedenfalls ist er sehr fromm," sagte er geheimnisvoll, „und hat nur e i n e n Wunsch, den, in den Himmel zu kommen. Und weil er einmal gehört hat, daß geschrieben steht, es gehe eher ein Kamel durch ein Nadelöhr, als daß ein Reicher in den Himmel komme, so beschloß er, sich seines Reichtums ein für allemal zu entäußern und seine Schätze und Kostbarkeiten in das Meer zu versenken, wo es am tiefsten ist. Aber die Königin war damit nicht einverstanden, und als sie sah, daß sie den Entschluß ihres Gemahls, in Armut dem Herrn zu dienen, nicht zu erschüttern vermöchte, so flehte sie ihn auf den Knien an, alle die Kostbarkeiten nicht entgültig von sich zu werfen, sondern sie in eine eiserne Truhe zu verschließen und den Schlüssel abzuziehen. Da ließ der König von dem tüchtigsten Schlossermeister des Landes ein Schloß von so kunstvoller Mechanik herstellen und einen so seltsamen verschnörkelten Schlüssel, daß niemand ihn nachzubilden vermochte. Diesen Schlüssel aber warf er in das Meer."

„Und was wurde aus dem Schlosser?" fragte der Jüngling.

„Verrückt wurde er über seine Erfindung. Er hat nämlich nach diesem Schloß noch ein anderes anfertigen müssen, das ist aber so geheimnisvoll, daß man überhaupt nicht davon reden darf. Und als der König auch den Schlüssel zu diesem Schloß ins Meer warf, wo es am tiefsten ist, da sprang der Schlosser nach und ertrank."

„Ich wäre ein trauriger Schlossergeselle,“ rief der Jüngling, „wenn ich mich für diese Wunderwerke meiner Zunft nicht interessierte! Ich muß sie sehen und wärs mit Gefahr meines Lebens.“

Am nächsten Morgen begab er sich in den Palast. Keck, wie er war, fragte er den nächsten besten, ob es für einen Schlosser Arbeit gebe. Der nächste beste aber war der König selbst.

„Aus den Augen!“ herrschte der König ihn an. „Wenn ich nicht ein Heiliger wäre, würde ich dir den Kopf abschlagen lassen.“

„Ein sonderbarer Heiliger,“ dachte der Geselle und drückte sich. „Aber den Kopf kostets nicht, wie es scheint, und ich darf mich wohl ein wenig umschauen.“

Und während er St. Petrus mit dem Himmelschlüssel betrachtete, dessen Porträt die Wand des Korridors zierte, fühlte er die Berührung einer sanften Frauenhand. Als er sich umwandte, stand die Königin vor ihm. Er erkannte sie sogleich an der kleinen Krone auf ihren Silberlocken. Die Locken waren auch das einzige an ihr, das wie Edelmetall aussah, denn die Krone selbst war von Messing.

„Wenn es wahr ist,“ sagte die hohe Frau, „daß ihr ein Schlosser seid, wie ich höre, so kommt ihr mir wie gerufen. Ist es nicht eine Schande für eine Königin, einen geflickten Rock zu tragen, da mein Gemahl doch reich genug wäre, mich in Samt und Seide, Zobel und Hermelin zu kleiden!“

Mit diesen Worten ergriff sie die Hand des Jünglings und führte ihn, vorsichtig um sich blickend, auf einer Hintertreppe in ein unterirdisches Gemach, in dessen Mitte eine eiserne Truhe stand, die einem großen Sarkophag ähnlich war.

„Die Truhe enthält unsern Reichtum,“ erklärte die Königin. „Das größte Stück Goldes, das sich darin findet, soll euer sein, wenn es euch gelingt, sie zu öffnen.“

Der Geselle untersuchte das Schloß auf das genaueste.

„Das ist ein seltsames Machwerk,“ sagte er dann. Er nahm aus seinem Felleisen ein Stück Wachs, erwärmte es zwischen den Fingern und drückte es in das Schlüsselloch. „Ein verzwicktes Schloß,“ fuhr er fort, indem er den Abdruck sinnend betrachtete. „Es ist nur mit einem Schlüssel aus Silber zu öffnen.“

„Welches Glück!“ rief die Königin und warf dem Gesellen ihre letzte Silbermünze zu. „Wäre Gold zu dem Schlüssel erforderlich, so müßte ich auf mein neues Kleid verzichten.“

Der Geselle nahm die Münze und ließ sich von der hohen Frau durch eine Reihe dunkler Korridore in die verborgenste Kammer des Palastes führen, in ein unterirdisches Gemach, zu dessen vergittertem Fenster die Meeresbrandung schäumend und tosend emporschlug. Bald hatte der Geselle den Raum in eine Schlosserwerkstätte umgewandelt. Hier schmolz er das Silber, goß es, bohrte, schmiedete und feilte, bis ein silberner Schlüssel zustande kam, so seltsam verschnörkelt, wie ihn noch kein menschliches Auge geschaut.

Ein Freudenschrei entrang sich den Lippen der Königin,

als sie sah, daß auf eine einzige Umdrehung des Schlüssels die Truhe aufsprang und deren Schätze im Lichte funkelten.

„Gebt mir den Schlüssel!“ rief sie bebend, „und nehmt dafür Gold, so viel ihr zu tragen vermögt.“

Das ließ sich der Geselle nicht zweimal sagen. Er ergriff einen Barren, so groß wie eine Nudelwalze, dann eilte er in seine unterirdische Werkstätte, um sein Felleisen zu holen und sich so rasch wie möglich aus dem Staube zu machen.

Aber der Duft eines Atems, so süß wie der Hauch des Zephirs, der über Rosen weht, hatte inzwischen die Moderluft dieses Kellerraumes verdrängt und das Knistern eines Frauenkleides strich (ähnlich dem Flügelschlage Kupidos und der Grazien) über die feuchten, steinernen Fliesen. Und ein Flüstern kam aus dem Halbdunkel wie das Zwitschern einer Schwalbe aus blumenumrankten Ruinen. Schön wie ein Engel, aber bleich wie eine Märtyrin stand die jugendliche Prinzessin des königlichen Hauses vor dem erstaunten Gesellen und bat ihn um seine Dienste. Dabei flog eine dunkle Röte über ihr sanftes Gesicht und eine Träne blitzte auf in dem entzückenden Schatten ihrer langen Wimpern.

In seligem Betrachten stand der Jüngling vor ihr, den Goldbarren in der Hand, der durch den Glanz ihres langen goldenen Haares überstrahlt wurde. Er zermarterte sich den Kopf, welcher Art die Dienste sein könnten, die sie von ihm begehrte. Und er dachte an das Schloß, das so geheimnisvoll ist, daß man überhaupt nicht davon sprechen dürfe . . .

Mit niedergeschlagenen Augen, glühend vor Scham, tat sie ihm kund, daß ihr Vater, der König, von ihr erwarte, daß sie ihm den Himmel verdienen helfe, indem sie ihr Fleisch abtöte. In seinem frommen Wahn habe er sie zu ewiger Keuschheit verurteilt.

Dabei warf sie ihr Gewand ab und enthüllte vor den geblendeten Augen des Jünglings einen jungfräulichen Körper von vollendeten Formen, schneeweiß wie ein Staubbach.

Aber ein Staubbach, über den eine goldene Brücke führt! Sie trug einen Keuschheitsgürtel!

Ein Band aus Goldgeflecht, gediegen wie Stahl und biegsam wie eine Schlange umschloß ihre schlanke Taille. Unter der rosigen Papillazee des perlmutterweißen Bauches war eine breite Schärpe angeschmiedet, ähnlich einer metallenen Schürze. In der Mitte des Gürtels, anstatt einer Schnalle oder Spange, befand sich ein zierliches Schloß und dieses bot die einzige Möglichkeit, das prächtige Folterwerkzeug abzulegen, das ein untrennbares Ganzes bildete wie das Geschirr eines Pferdes.

„Ein verzwicktes Schloß," sagte der Geselle. „Es ist nur mit einem goldenen Schlüssel zu öffnen."

Die Jungfrau erbleichte. Woher sollte sie Gold nehmen?

Der Geselle tröstete sie, indem er auf den Goldbarren wies. „Aber was wird mein Lohn sein," fragte er zärtlich, „wenn ich dieses Schloß öffne?"

„Alles, was es verschließt," hauchte die Jungfrau, verschämt zu Boden blickend.

Mit bebenden Fingern nahm der Geselle einen Wachsabdruck, schmolz einen kleinen Teil des Goldbarrens ein, goß, schmiedete, hämmerte, feilte und bohrte und hatte bald ein fein ausgearbeitetes Schlüsselchen fertig. Ein Freudenschrei entrang sich seinem Munde, ein seliger Seufzer dem der Prinzessin. Es paßte.

Erlöst warf sich die Jungfrau an seine Brust.

„Da ihr die Festung aufgeschlossen habt, so mögt ihr auch euren Einzug halten," sagte sie.

Und der Geselle ließ sich auch das nicht zweimal sagen!

Er war im Himmel. Wenigstens war er der festen Überzeugung: denn als er nach stürmischen Liebkosungen an dem schwellenden Busen der Prinzessin einschlief, träumte er, er sei im Begriff den Himmel aufzuschließen und mache gerade einen Abdruck vom Schlosse der Himmelspforte. Und so lebhaft träumte er, daß er das Schloß dieses Portals bis auf das kleinste Detail vor sich sah, so deutlich, daß es ihm noch gelang, es in Wachs nachzubilden, als er sich längst wieder erhoben hatte. Und er schmolz den ganzen Goldbarren ein und schmiedete einen Schlüssel daraus, der so groß war wie die Partisane eines Nachtwächters.

Von dem Geräusch der Schlosserarbeit aber war nicht nur die Prinzessin erwacht, sondern auch Hochdero frommer königlicher Vater war jählings aus der Betrachtung einer Heiligenstatue im Korridor aufgeschreckt worden. Im Schlafrock und Pantoffeln trat er in die improvisierte Schlosserwerkstätte. — Der Anblick seiner Tochter, die unverhüllt dalag, verriet ihm sogleich das Kunststück, das sich der Schlossergehilfe geleistet hatte.

„Das ist dein Tod!“ heulte er gegen diesen gewendet. „Du mußt sterben!“

„Wünsche ich mir denn Besseres?“ war die Gegenfrage. „Besitze ich doch den Schlüssel zum Himmel.“

„Den Schlüssel“ ? ! . . .

„Zum Himmel. In törichter Verblendung hatte ich mir freilich zuerst diesen kleineren da gemacht, der zur irdischen

Glückseligkeit führt. Aber nun, da er mich auf das Geheimnis des Himmelsschlüssels brachte . . ."

„Behaltet ihn, behaltet ihn," rief der König „gebt mir den Schlüssel zum Himmel!"

Und der König ließ nicht nur den kleinen Schlüssel in den Händen des Schlossergesellen, sondern auch die Schätze, die er erschlossen. Dafür gab ihm der Geselle den großen Schlüssel.

Der fromme König trennte sich nicht mehr von dem Himmelsschlüssel; so groß und schwer dieser auch war, er trug ihn Tag und Nacht an seinem Halse und war selig.

Der geschickte Schlosser aber mit seinem kleinen Schlüssel war tausendmal seliger.

Die Glasprinzessin.

Es war einmal eine Prinzessin, die war unnahbar. Sie wohnte in einem Palast von Glas, der auf einen Glasberg stand. Am Fuße des Berges flatterten ganze Wolken von Raben über den verwesenden Leichnamen der Anbeter der Prinzessin, die den steilen Berg zu ersteigen versucht hatten. Nur auf der der Stadt zugewendeten Seite, wo der Glasberg am allersteilsten aufragte, lag keine Leiche; hier hatte noch niemand den Aufstieg gewagt, weil er eben unmöglich schien.

Die Prinzessin selbst aber war nicht von Glas und das war die größte Qual ihrer Anbeter. Sie war über alle Maßen schön anzusehen und man erblickte sie wie die Sonne überall im Lande. Man konnte dem bezaubernd lieblichen Anblick, den sie bot, nirgends entrinnen. Man sah ihre Reize fast unverhüllt, höchstens wie von dem regenbogenfarbigen Wölkchen umspielt, das um den Wasserstaub eines Springbrunnens flattert. Daß der Palast aus Glas bestand, habe ich ja schon gesagt. Man kann sich kaum vorstellen, wie klar und durchsichtig dieses Glas war, noch weniger kann man sich einen Begriff machen von dem Kostüm der Prinzessin, einem wunderbaren Kunstwerk der Feinheit und Durchsichtigkeit.

Dieses Kostüm legte die Prinzessin nie ab, auch dann nicht, wenn sie zur Ruhe ging. War es doch geschmeidiger als das feinste, zarteste Spitzenhemd. Und dabei entblößte es nicht die kleinste Stelle ihres schneeweißen Körpers, sondern war geschlossen bis zum Kinn und es bedeckte selbst die zierlichen Füße bis über die Knöchel. Man sieht: sie war ebenso keusch wie schön, die jungfräuliche Prinzessin. Es war eine Wonne und eine Qual zugleich, sie zu sehen, eine Tantalusqual!

Der Leichenwall auf drei Seiten des Glasberges wurde stündlich höher, die Wolke von Raben immer dichter.

Man sah die kühnen Bewerber mit Bergstöcken, Steigeisen und Eispickeln — nur nicht mit Seilen, denn keiner war dem Rivalen behilflich — wie Ameisen sich über die spiegelglatten Wände und Glasflächen mühen, — doch vergeblich! Die Kraft verließ sie früher oder später, die einen schon beim ersten Anstieg, die anderen erst beim Erklimmen des Gipfels. Sie stürzten in die Tiefe, zerschmetterten sich die Knochen und zerfleischten sich die Glieder an den spitzigen Glasklippen, wie an ebenso vielen Messern und Dolchen.

Wem es aber gelang, die Spitze zu erklettern, die Plattform vor der Terrasse des Palastes zu erreichen, der mußte sich erst noch die Gunst der Prinzessin erwerben. Und das war nur einem Freier möglich, der eine Glasrüstung trug, spröder als jene ihrer Leibgarde von Hatschieren, die ganz

mit klirrendem Glase gepanzert auf der Terrasse auf- und abschritten. Und sein Kostüm sollte doch noch feiner und durchsichtiger sein, als ihr eigenes. Ein solches gab es aber nicht.

Da kam ein Königssohn in die Stadt, dessen Wiege fern im fernsten Morgenlande gestanden war. Der war in seiner Art von ebenso großer Schönheit wie die Prinzessin, aber in seinen Neigungen von ihr grundverschieden. Denn wie jene das spröde Glas über alles liebte, so hatte dieser eine Vorliebe für weiche Betten. Er besaß eine ganze Sammlung von solchen, auf denen er abwechselnd ausruhte, um sie auf ihre Weichheit zu prüfen. Er besaß Betten, auf denen man schwebte wie auf den Rosenwolken Auroras, ohne eine Unterlage zu fühlen, Betten, die einem gefallenen Engel den Sturz vom Himmel zum Genuß gemacht hätten. Allein er suchte noch Besseres.

Ehe er mit seinen Bewerbungen um die Prinzessin begann, erließ er ein Konkurrenzausschreiben, worin er demjenigen die Schätze seines königlichen Vaters verhieß, der das leichteste und weichste Bett herzustellen vermöchte. Es leuchtet ein, daß Alt und Jung sich an dieser Konkurrenz beteiligte. Die einen schossen die Raben von den Leichen, weil sie glaubten, Rabenflaum sei luftiger denn Gänseflaum; andere erlegten wilde Schwäne, die über die Stadt flogen; wieder andere reisten weit gegen Norden um den weichen Brustflaum

des Polartauchers oder Haubensteißfußes. Eine Wöchnerin drehte dem Storch den Kragen um, als er ihr gerade ein Kind brachte. Den ersten Preis aber gewann ein junger Knabe, der seinen Schutzengel rupfte.

Nach der Preiserteilung ließ der Königssohn sämtliche Betten am Fuße des Glasberges ausbreiten und zwar auf der Seite, wo der Berg am steilsten war. Dann erstieg er diesen Wall, um von hier aus die Glaswände zu erklimmen. Freilich mißlang es ihm nicht einmal, sondern zehn-, hundertmal und ohne die Unterlage von Betten wäre er schon beim ersten Versuch zerschellt. Nachdem er aber viele dutzendmal zum Gaudium sämtlicher Bewohner der Stadt bald mit dem Kopfe, bald mit dessen Gegenstück auf die Betten zurückgepurzelt war, trainierte er sich schließlich für diese halsbrecherische Leibesübung und erreichte die Plattform.

Eine Hintertüre führte in den Palast.

Kein Hatschier machte ihm den Eintritt streitig. Waren sie

doch alle auf den weniger steilen Seiten postiert. Und das war sein Glück, denn sein Panzer hätte weder Hieb noch Stich ausgehalten. Dafür erfüllte er die zweite Bedingung, welche die Prinzessin an ihre Freier stellte, in umso höherem Grade: er war so fein und durchsichtig, daß selbst das Glaskostüm der Prinzessin dagegen sich ausnahm wie ein grobes Gespinst.

Das Entzücken der Glasprinzessin, als er sich ihr in diesem Gewande näherte, kann kein Dichter beschreiben, kein

Pinsel malen. Sie maß ihn vom Kopfe bis zu den Fersen und konnte sich nicht sattsehen. Durchsichtiger als eine Seifenblase schmiegte sich das Kleid um seine prächtigen Glieder.

Ihr Jubel kannte keine Grenzen, als der Königssohn erklärte, daß er ihr ein Kostüm aus dem ganz gleichen Stoffe mitgebracht habe, damit sie einander ebenbürtig seien. Damit breitete er die Arme aus.

Die Prinzessin warf ihr Glaskostüm ab, daß es auf dem Teppich zerbarst wie eine Eierschale. Noch niemals hatte sie sich nackt gesehen. Sie blickte an sich herab, entzückt über ihre schimmernde Schönheit, über die plastischen Formen, nur in die rosige Wolke gehüllt, die das Gefühl der Scham um Antlitz, Nacken und Busen breitet.

Die Wimpern gesenkt, bat sie um das versprochene Kostüm.

„Ihr habt es ja an,“ sagte der Königssohn lachend.

Da erkannte sie, daß auch er splitternackt war und sie warf sich an seine Brust.

Während die Leibgarde von Hatschieren in ihren klirrenden Glaspanzern auf drei Seiten um das Schloß patrouillierte, verließen die Liebenden den Palast auf der vierten durch die Hinterpforte. Denn die Prinzessin wollte nichts mehr von Glaspanzern und Glashäusern wissen.

Und es ging mit ihnen die schiefe Ebene hinunter, wo sie am steilsten war. Der vorsichtige Prinz hatte dafür gesorgt, daß sie weich fielen.

Spielkarten.

I.

In einem wohlig erwärmten, von diskreten Wohlgerüchen erfüllten Boudoir, am Kaminfeuer, dessen lustig prasselnde Flammen die Makartfiguren des Paravents mit lebensvoller Farbe durchglühten, saßen zwei Damen und vertrieben sich die Zeit mit dem Mariage-Spiel. Dabei unterhielten sie sich über einen Ehescheidungsprozeß, der den „neuesten Skandal" bildete, und ihre Unterhaltung ward allmählich so lebhaft und so laut, daß sie nicht darauf achteten, wie auch die Kartenblätter in ihren anmutig geformten Händen in einem eifrigen Gespräch begriffen waren.

„Eine rechte Qual für uns, dieses Spiel," sagte der Herz-unter. „Mein Herz bebt und glüht unter dem sanften Druck dieser schönen Finger. Und trotz meiner stolz aufgerichteten Lanze bin ich unfähig zu stechen . . .“

„Es ist eine Schmach für uns deutsche Karten,“ pflichtete das Herzas bei. „Mariage“ nennen sie das Spiel und doch weiß jedes Kind, daß es in unserem Junggesellen-Staate keine einzige Dame gibt. Unsere Könige müssen sich in höchst gesetz- und naturwidriger Weise mit ihren Oberen verbinden! Der kleine Knabe mit dem goldenen Pfeil vergießt bittere Zähren zu meinen Füßen. Das Schauspiel kann aber auch wirklich niemandem gefallen, höchstens der Schellensau.“

„Da hast du recht,“ meinte der alte Falstaff, das Eichelas. „Man hält uns für unsittlich, weil wir die Eichel im Wappen führen. Vielleicht nicht ganz mit Unrecht. Allein aus Rücksichten der Gesundheit kann ich es nicht dulden, daß mein Sohn, der Eichelkönig in unwürdiger Liaison mit seinen Untergebenen seine besten Kräfte vergeude. Noch heute sende ich ihn mit großem Gefolge nach Paris, der Hauptstadt der Franzosen, wo es die liebreizendsten Frauen der Welt geben soll. Dort soll er freien nach seinem Geschmack. Vielleicht entschließe ich mich gar, ihn zu begleiten, um ihm bei seiner Wahl hilfreich zur Seite zu stehen.“

Das Eichelas hielt sein Wort und die jungen Damen mußten sich ohne Eicheln behelfen.

II.

In Paris stieg man natürlich im vornehmsten Hotel ab, wie es sich für so hohe Fürstlichkeiten geziemt. Die Hoteldienerschaft sorgte für angenehme Zerstreuung. Es gab eine Menge Spielkarten und darunter — was im sittenstrengen Deutschland ein Ding der Unmöglichkeit gewesen wäre — auch mehrere Damen von bezauberndem Liebreiz. Mit Neugier blickten diese Damen etwas von oben herab und züchtig errötend auf die Eicheln. So unverhüllt zeigt man dergleichen nicht in Frankreich. Wenn man Eichel ausspielen wollte, so hieß es Treff! Doch alsbald gewöhnte man sich an den Anblick und es entwickelte sich ein ganz artiger Flirt. Besonders war es die Coeurdame, welche durch die stolze und zuversichtliche Haltung des Eichelkönigs gewonnen wurde.

Mit großer Freude sah Eichelas die Möglichkeit einer ehelichen Verbindung des Eichelkönigs mit der Coeurdame näher rücken und auch Herzas, das mit dem deutschen Vetter bereits Smollis getrunken, hatte keine Einwendung gegen solche Verwandtschaft.

Und so ward eines schönen Morgens mit großem Pompe das Hochzeitsfest gefeiert, an dem sich sämtliche Kartenspiele des Hotels beteiligten. Es war herrlich schön! Sechs deutsche Laubober eröffneten den Hochzeitszug mit Trommelwirbel, die Laubunter bliesen die Flöten; es waren sogar einige

Eichelober da, die anstatt das Schwert zu schwingen, Trompete bliesen. Dazu kam noch das harmonische Grunzen der Schellensau und das Gekläff des Schweinehundes auf ihrem Rücken. Alldas gestaltete sich zu einem Hochzeitsmarsche, wie kein Mendelssohn und kein Richard Wagner jemals einen prächtigeren und harmonischeren ersonnen hat.

III.

Die Neuvermählten waren endlich allein. Ein schneeig weißes Hochzeitslager war bereitet, das duftete nach Rosen und Myrten. Von heißer Liebessehnsucht erfüllt, entkleidete der königliche Bräutigam mit hastigen Händen die bebende Braut, wobei er seine glühenden Lippen in die schwellende Pracht des Busens versenkte. Doch damit gab er sich nicht zufrieden. Um seine neuen ehelichen Rechte und Pflichten auszuüben, suchte er auch die anderen Reize der ihm angetrauten Gemahlin; und o weh! welche selt-

same Entdeckung mußte der junge Ehemann da machen! Anstatt kräftiger Hüften und Schenkel fand er unter dem Rocke seiner jungen Frau eine Wiederholung des üppigen Busens und der plastischen Schultern! Von der Taille abwärts setzte sich die Coeurdame gleichsam im eigenen Spiegelbilde fort. Das anmutige Lockenhaupt, das oben aus den prächtigen Konturen der Nackenlinie hervorblühte, wiegte sich nach unten, allerdings tiefer errötend, auf einem Schwanenhalse. Anstatt rundlicher Waden, bedeckt mit dem Seidenflaum reifer Pfirsiche, anstatt zierlicher Knöchel und Füße abermals schneeige Arme, ein zartes Handgelenk und kokett ausgespreizte Finger.

Die Enttäuschung des Eichelkönigs war unbeschreiblich! Trostlos ließ er sein Szepter sinken.

Er machte seinem Herzen Luft und seiner Herzdame einen tüchtigen Randal. Und als sie sein Französisch nicht verstand, redete er deutsch mit ihr und da verstand sie ihn sogleich.

Die Coeurdame brach in Tränen aus, schlug oben und unten die Hände über dem Kopfe zusammen und sagte naiv, mit von Schluchzen erstickter Stimme:

„Was wollen Sie, Sire? Bei uns in Frankreich nimmt kein Mann es übel, das unter dem Rock zu finden!"

Auf Flügeln.

Es war einmal ein großer Dichter; man durfte ihn zu den besten aller Zeiten zählen. Mit seinen schwarzen Locken und tiefblauen Augen, seinem hochmütigen und schönen Gesichte hatte er Ähnlichkeit mit Lord Byron. Auch sein Pegasus war ein Rappe, rassig, mit Augen wie glühende Kohlen, und sein geflügeltes Roß nahm einen hohen, kühnen Flug. Unter seinen Hufen wirbelten die Sterne wie Funken empor, während aus seinen Nüstern das Feuer der Hölle sprühte. Des Dichters Harfe war aus Totengebein, mit schwarzen Saiten bespannt, und sie brauste um die Wette mit den Feuersbrünsten der Städte, den Kriegen der Länder, den Brandungen und Stürmen der Meere. Mit einem Worte: ein Dichter, der sich gewaschen hat und dabei doch kein Wasserdichter.

Aber Lord Byron war es nicht.

Denn was man dem Dichter des Don Juan auch nachsagen mag, — und man kann ihm viel nachsagen, er hatte ein eigenes Talent, den Skandal an seine Fersen zu heften — ein Kostverächter war er niemals. Den Frauen hat er niemals Urfehde geschworen, trotz der sonderbaren Neigungen, die er in Griechenland annahm. Der Poet Laurianus jedoch — jener, in den Myrtillis verliebt war, Myrtillis, die schöne Schäferin mit den weißen Lämmchen, denen sie himmelblaue Halsbänder gestickt hatte — dieses Ungeheuer von Poeten war ein unverbesserlicher Frauenfeind. Hinter seiner stolzen Stirne hatte sich die Überzeugung zur fixen Idee verdichtet, daß die Frauen niedere und unreine Wesen seien, schlammgeborne Geschöpfe, Blumen des Sumpfes wie Iris und Lilie, schneeige Sirenenarme, ausgestreckt, uns in den Kott herabzuziehen.

Nur mit den weiblichen Engeln verkehrte er, den silbernen Schwänen Edens, die sich abends auf die Wolken herabließen, wie Riesenschmetterlinge auf glühende Rosen.

Myrtillis aber lag im Grase der Waldlichtung und weinte. Sie liebte den Dichter, der von ihr nichts wissen wollte, weil sie keine Flügel trug. Sie verwünschte den kleinen Gott, der sie unter der rosigen Spitze ihrer zarten Brust so empfindlich getroffen, der ihr den unsichtbaren Pfeil mit dem goldnen Widerhaken in das Herz geschickt hatte und doch nicht imstande war, den Dichter zu bewegen, sie an seine Brust zu ziehen. Ja, sie zürnte Amor, allen Ernstes!

Aber daran tat sie unrecht, denn Kupido gab sich ehrliche Mühe, auch den Dichter zu treffen. Wie viele Pfeile hatte der kleine Schelm schon auf Laurianus verschossen, wenn er auf seinem Pegasus daherstürmte wie ein Narr!

Vergeblich hatte er sich auf dem Scheibenplatz des Zimmerstutzenvereines „Pro Patria“ täglich mehrere Stunden mit seinem Bogen auf die laufende Wildsau eingeübt: die Geschwindigkeit, mit welcher der Dichter auf dem Flügelrosse durch die Luft sauste, ließ sich mit nichts aus der Wolfsschlucht vergleichen!

Und Myrtillis mußte von unten mit ansehen, wie sich die silbernen Engel von dem Dichter heimlich hinter den Wolken küssen ließen. „Wenn ich ein Vöglein wär!“ seufzte sie und ihre Lämmer mit den himmelblauen Halsbändchen blöckten den Refrain dazu. Kupido, der aus Mangel an Munition nichts mehr zu tun hatte, leistete ihr mit trauriger Miene Gesellschaft.

Einmal kam ihm ein spitzbübischer Gedanke. Er forderte den Pfeil zurück, den er ihr in das Herz geschossen hatte.

„Laß ihn stecken!“ bat Myrtillis, „wenn er auch schmerzt und brennt, sein Schmerz ist süß und sein Brennen entzückend wie ein immerwährender Kuß.“

Aber der Kleine hatte ihr bereits das Busentuch weggerissen.

Natürlich fand er die Wunde nicht. Der Schelm wußte recht wohl, daß seine Pfeile, während sie das Herz durchbohren, selbst auf der zartesten Haut nicht die Spur eines Flohstichs zurücklassen. Sein feines Ohr vernahm jedoch bereits das Schnauben des Flügelrosses oben in den Wolken, denn der Dichter befand sich auf dem Weg zu einem Rendezvous mit der Vorsängerin im Chor der Seraphim.

Während die nichtsahnende Jungfrau in ihrer Verwirrung vor sich hinblickte, entkleidete Kupido sie bis aufs Hemd. Vielleicht hätte sie trotz der Gewandtheit des kleinen Schelms das frevle Beginnen entdeckt, wenn nicht inzwischen auch sie die wohlbekannten Laute in den Wolken vernommen hätte. Weltentrückt fühlte sie kaum das Schauern ihrer entblößten Glieder. Laurianus aber näherte sich mit Windeseile.

Da schlug sie die Augen zu Boden und wurde das Unerhörte gewahr.

Sie errötete vor Scham, wie die weißen Wolken, hinter denen Laurianus die Engel zu küssen pflegte.

„Rette mich vor seinen Blicken!“ rief sie tödlich erschrocken; „rette mich, Kupido, er darf mich nicht so sehen, er nicht!...“

Kupido lachte sie aus, drehte ihr eine Nase und schabte Rübchen.

„Gerade so soll er dich sehen, gerade so,“ spottete er; „denn so nur darf sich ein Weib einem Dichter zeigen!“

„Ich beschwöre dich,“ flehte sie, „verhülle mich vor ihm, er darf nicht, er darf nicht . . .“

„Zu spät!“ lachte der Kleine, er hat uns bereits wahrgenommen.“

„O, hätte ich Flügel!“ stöhnte die Ärmste. Dann ward sie von Zorn über die schamlose Enthüllung ihres jungfräulichen Körper erfaßt. „Du kleiner Schuft hast diese Schmach über mich gebracht!“ rief sie empört, packte den Knaben an den Libellenflügeln und schüttelte ihn so heftig, daß die Flügel ihr in der Hand blieben.

Inzwischen kreiste der Poet auf seinem Pegasus über der enthüllten Schönheit, wie ein Adler über einer weißen Taube. „Sie ist vollkommen,“ sagte er sich, „es fehlen ihr nur die Flügel!“

Er schickte sich an, seinen Ritt fortzusetzen.

Um die Zürnende, die ihm seine Flügel in das Gesicht geworfen hatte, zu besänftigen, befestigte Kupido rasch diese göttlichen Anhängsel an jenem wunderbar gewölbten Teil des Körpers der schönen Schäferin, der dessen Schwerpunkt bildete. Jetzt bedurfte es nur eines leisen Hauches, um sie über die Baumwipfel zu erheben.

Der Dichter aber riß sein Flügelroß herum, um jauchzend die Verfolgung aufzunehmen. War er denn blind gewesen? Dieses herrliche Geschöpf, das vor ihm flatterte wie ein Schmetterling über Blumen, besaß ja Flügel!

Es war also vollkommener als selbst ein Engel.

Und es hatte noch einen Vorzug vor diesen, der sich freilich erst zeigte, als er es auf der Spitze eines moosbewachsenen Hügels erreicht hatte. Denn die Engel mit ihren ungeheuren Schwingen konnte man nur küssen!

Zum ersten Mal erkannte der Dichter, daß es nicht in jeder Lage gut und bequem sei, Flügel zu besitzen. Zum Glücke. konnte Myrtillis die ihrigen ablegen. So klein sie waren: an dem Körperteil, wo sie befestigt waren, genierten sie in Stunden der Ruhe doch sehr!

Myrtillis gab sie dem Kupido dankbar zurück.

Das blaue Königreich.

Von Paul Leppin.

Am Rande der Welt, weit hinter der Geographie, war einmal vor undenklichen Zeiten ein großes Königreich. Der Himmel, die Bäume, die Städte und die Menschen waren alle blitzblau in diesem Lande. Der breite Fluß, der zwischen Glockenblumen und den blauen Blüten der Sträucher am Ufer dahinfloß, hatte eine wundersame, tiefblaue Farbe und die Mädchen, die dort lustwandelten, trugen das Haar in leuchtenden Locken aufgelöst über den Schultern. Die Sonne brannte wie ein ungeheurer Saphir hinter den Wolken und alle Fluren waren mit Vergißmeinnicht übersäet.

Jenseits der durchsichtigen Amethyst-Berge am Horizonte lag ein mächtiges Nachbarreich. Hier war wieder alles in ein helles, glänzendes Gelb getaucht. Der Raps blühte auf den Feldern, daß es den Augen weh tat und die Menschen hatten gelbe Gesichter, als ob sie ihre Haut mit einer goldenen Salbe überzogen hätten.

Nun geschah es, daß der König aus dem blauen Lande auf die Brautschau ging. Der König war ein großer Lebemann und es gab wohl wenige seiner Untertaninnen, denen er nicht höchst eigenhändig einmal das Busentuch lüftete, um seine Augen an dem blauen Glanz der jungen Leiber zu weiden. In seinem Schloß führte ein unterirdischer Gang bis in sein Schlafgemach und in der Nacht war es da oft sehr lebendig. Hurtige und kleinwinzige Frauenfüße huschten über die steinernen Fliesen und es pochte schüchtern an die Tapetentür, die in der Wand des Schlafzimmers, den Uneingeweihten unsichtbar, angebracht war. Hier erwartete der König seine Besuche. In dem gedämpften Lichte einer wunderschönen Ampel entkleidete er dann die zitternden Weib-

lein, die ihm sein getreuer Diener Hassan in das Schloß brachte; und er konnte sich nicht sattsehen an dem pikanten Farbenreiz der weißen Wäsche, die die blauen Glieder der Damen so entzückend verhüllte, an den niedlichen Höschen und dem koketten Spitzenbesatz des Hemdes, unter dem die Brüstchen in verschämter Erwartung bebten. Denn er war ja ein reicher, mächtiger und stattlicher König und die Mädchen, die ihm heimlich, in der Nacht ihre Liebe boten, wußten diese Ehre wohl zu schätzen.

Aber endlich wurde der König dieses liederlichen Lebens überdrüssig und er beschloß zu heiraten. Von den im Übermaß genossenen Liebesfreuden war seine Haut welk und bleich geworden und er, dessen uraltes Geschlecht einst das

blaueste im Lande gewesen, war nun weiß wie ein Käse. Die blaue Farbe in seinem Reiche machte ihn melancholisch und er sehnte sich nach einer Abwechslung. Die Töchter seiner Untertanen reizten ihn nicht mehr und oft, wenn er in heißen Träumen auf seinem seidenen Pfühl lag, gaukelte ihm seine Phantasie verführerische Bilder von Frauen vor, deren Haut in anderen, noch nicht gesehenen Farben schimmerte und die auf dem weichen, kostbaren Teppich vor seinem Bette nackt vor ihm tanzten. Da kam eines Tages die Prinzessin aus dem gelben Königreiche mit einem großen Hofstaat in sein Land. Ihre Haare waren blond und ihre Haut so köstlich gelb wie ein Kanarienvogel. Als der König ihrer ansichtig wurde, stand er eine Weile von neuen, nie gekannten Gefühlen überwältigt vor ihr. Dann sank er in die Knie und begehrte sie zur Gemahlin.

Die Hochzeit wurde mit großem Gepränge gefeiert. Das Volk drängte sich an die Gittertore des Palastes und es war eitel Jubel überall im Reiche. Und als in der Hochzeitsnacht die junge Frau, von ihrem königlichen Gemahl geleitet, mit gesenkten Augen das Schlafgemach betrat, löste der glückliche Herrscher in unbeschreiblicher Erregung mit bebenden Fingern ihren Gürtel. Zitronengelb schälte sich ihr junger Körper aus der neidischen Hülle. Mit einem freudigen Schrei schlang er die Arme um sie und trug sie auf sein Lager . . .

Wonnige Flitterwochen waren in den Palast eingezogen. Von Glück und Liebe berauscht, harrte der König täglich auf den seligen Augenblick, wo seine holde Gemahlin ihm ein verschämtes Geheimnis ins Ohr flüstern würde. Nach einem Monat schon berief er den großen Zauberer Rasmus und seine Gehilfen von den Grenzen des blauen Reiches an seinen Hof, der die Aufgabe hatte, jeden dritten Tag die junge Herrscherin zu untersuchen und mit geheimnisvollen

Beschwörungsformeln ihren wundersam leuchtenden Leib zu segnen. Phantastische Zeremonien begleiteten die Bemühungen des Zauberers, während der König im Hintergrunde mit klopfenden Herzen das Ergebnis der Untersuchung erwartete.

Und es kam die Zeit heran, da die Königin sich Mutter fühlte. Das ganze Land war in freudiger Stimmung. Die Ärzte und die Männer der Wissenschaft hatten es verraten und die Zeitungen brachten lange Artikel darüber: der Prinz, den man erwartete, würde g r ü n sein. Das blaue und das gelbe Blut des hohen Paares mußte unbedingt diese Mischung geben und das Laboratorium des berühmten Chemikers in der Residenzstadt war Tag und Nacht von Journalisten umlagert, die ihn in dieser Angelegenheit interviewen wollten. Denn das Volk freute sich unsäglich auf den grünen Thronerben und es stand zu befürchten, daß wenn die Gelehrten sich in der Farbe des Prinzen irrten, eine Revolution ausbrechen könnte.

Der Haus- und Hofarzt und die Vertrauten aus des Königs nächster Umgebung gingen mit sorgenvollen Gesichtern umher. Denn ihnen war es bekannt, was man dem erregten Volke draußen verschwiegen hatte. Der König des blauen Landes hatte, von den Ausschweifungen des Junggesellenlebens erschöpft, seine Farbe verloren und war weiß geworden. Eine blaue Schminke, die er täglich auf sein Gesicht auflegte, täuschte die Bevölkerung über das entsetzliche Unglück, und der König hätte sein Geheimnis wohl zeitlebens bewahren können, wenn ihm nicht der ungestüme Wunsch seiner Untertanen nach einem grünen Prinzen in die Quere gekommen wäre. Die königliche Familie hielt stundenlange Beratungen mit dem Haus- und Hofarzte, aber der schwere Kummer wollte nicht weichen und niemand wußte Rat. Wo sollte man einen grünen Reichserben hernehmen, wenn der König schon seit Jahren nicht mehr blau war? — — —

Der große Tag kam heran und die Menschen stauten sich in den Straßen. Ein wüstes Gejohle drang in den Palast.

„Wir wollen einen grünen Prinzen!“ schrie der Pöbel und immer wieder erscholl der Ruf wie ein Orkan: „Grün muß er sein — Grün muß er sein!“ — — —

Drinnen standen die Schwiegermutter und einige Tanten mit zitternden Knien vor dem Bette der Königin, die mit den Kindsnöten rang. Eine furchtbare Angst hatte alle ergriffen, die um das Geheimnis des Königs wußten. Draußen schrie und lärmte das Volk.

Nur auf dem Gesichte der Königin lag unter Schmerzen ein verheißendes Lächeln.

„Seiet ruhig, Freunde,“ lispelte sie schwach, „er wird g r ü n sein!“

Dann flüsterte sie schamerglüht der Schwiegermutter zu: „Der König hat sonderbare Gelüste . . . Ich habe ihn jedesmal vorher blau prügeln müssen.“

— — — — — — — — — — — — —

Und der Prinz kam zur Welt. Böllerschüsse verkündigten es der harrenden Menge.

Er war grün wie ein Laubfrosch. — — —

Die Wünschelrute.

Auf einer paradiesischen Insel im Weltmeere blühte einst ein Geschlecht von Menschen, die nicht größer waren als wir, aber wunderbar schön von Gestalt und Antlitz. Die Götter wurden schließlich neidisch ob dieser Meisterwerke der Schöpfung und beschlossen, dieses Geschlecht, das zu schön war für diese Welt, aussterben zu lassen. Und wie fingen sie das an? Mit wahrhaft göttlicher Pfiffigkeit. Sie erließen einfach ein Gebot, daß niemand — bei Höllenstrafe — bekleidet gehen dürfe. Und weil fortan Jungfrauen und Jünglinge auf jener Insel splitternackt zwischen den Lilien wandelten, weil sie die Geheimnisse und die intimsten Reize ihres Körpers wie etwas Gewöhnliches dem Sonnenlichte preisgaben, stumpften sich ihre Blicke für das Schauen entblößter menschlicher Schönheit gar bald ab; sie gewöhnten sich an diesen Anblick und hörten auf zu begehren.

Da war es wieder der kleine Spitzbube Kupido, der den Neidhämmeln von alten Göttern einen Strich durch die Rechnung machte. Auf seinen Libellenflügeln schwebte er zur

Wunderinsel hernieder. Da mußte er die betrübende Entdeckung machen, daß er das Schießen mit dem zierlichen vergoldeten Bogen verlernt hatte. Die mit Kolibrifedern geschmückten Pfeile verfehlten ihr Ziel stets um mehr als zwei Herzbreiten. Der kleine Gott mußte sich daher erst wieder einüben und begann ein regelrechtes Scheibenschießen zunächst auf Birkenstämme, in deren weiße Rinden er mit der Goldspitze seiner Pfeile Herzen einschnitt, daß der hervorquellende Saft ihm das Gesicht benetzte; dann auf Lilienkelche, die im Sommerwinde schwankten.

Bei solchem Unfug betraf ihn eines Tages Stella, die Königstochter. Sie ergriff den heftig zappelnden Götterknaben bei den Libellenflügeln und züchtigte ihn mit einer Birkenrute, bis sein göttliches Gesäß sich rötete, wie die Wange eines in Liebe erglühenden Mädchens. Dann lief sie lächelnd davon und ließ die kleine Gottheit in Tränen gebadet und sich das Hinterteil reibend zurück.

Prinzessin Stella kam aber auf ihrem Laufe nicht weit. Als Kupido ihr ein Schimpfwort nachrief, hatte sie den unglücklichen Einfall sich umzuwenden und mit ihren rosigen Fingern ihm eine lange Nase zu drehen. Im nächsten Augenblicke zitterte ein Pfeil in der straff gespannten Haut ihrer Flanke, kaum eine Handbreit unterhalb der Knospe ihrer schneeweißen Brust. Der Knabe aber entschwand in einer regenbogenfarbigen Wolke — auf Nimmerwiedersehen. Um die Königstochter zu bestrafen, beschloß er, von seinem Schießzeug auf jener Insel keinen Gebrauch mehr zu machen. Ohne Gegenliebe zu finden, sollte Stellas Herz sich in vergeblichem Verlangen verzehren.

Nach kurzer Zeit trat das Wundfieber auf. Die Prinzessin litt Höllenqualen, einen unauslöschlichen, brennenden Durst. In diesem trostlosen Zustande erblickte sie Syrinx, den jungen

Schäfer, der am nahen Berghang seine Lämmer weidete, jenseits des silberhellen Baches, an dessen Ufern Iris, Krokus und Lilien blühten. Sie wagte kaum ein Auge zu ihm zu erheben — das war auch eine Folge ihrer schweren Krankheit — und sie schielte nur errötend und verstohlen nach seinem Spiegelbild im Bache. Dort erblickte sie auch sich selbst, das auf den Wellen sich wiegende Ebenbild ihres schneeweißen jungfräulichen Körpers und die Züge ihres holden, keuschen Antlitzes. Doch Syrinx der Schäfer hatte keinen Blick für die Prinzessin; er war ein rechter Flegel, den weder die hohe Abstammung, noch die Schönheit der Jungfrau berührte. Er grüßte sie nur gleichgültig, wie ein Bruder die jüngere Schwester. Zumeist aber schlief er.

Mit der Zeit wurde Stella allerdings kühner. Das machte die Flamme, die in ihrem Herzen brannte, wo die durch Kupidos Pfeil geschlagene Wunde sich entzündet hatte. Einmal ging sie in ihrer Kühnheit so weit, ihre schwellenden Lippen auf den Mund des schönen Schläfers zu drücken. Der junge Hirt erwachte; aber anstatt die holde Jungfrau in seine Arme zu schließen, in heißer Liebe zu umfangen, anstatt sie unter seinen glühenden Küssen zu ersticken, wie ein Feuer unter taufeuchten Rosen ersticken müßte, wandte er sich unwillig um, fuhr sich mit dem Handrücken über den Mund und — schlief weiter.

Da fuhr es der Prinzessin wie ein Stich durch das Herz, daß ihr die Tränen in die Augen traten und sie in ihrem unsagbaren Leid die Hände auf den Busen preßte. Und sie ahnte, daß der Knabe, den sie so unvorsichtig mißhandelt hatte, ein wundersames Wesen sein müsse und wie im Traume wandelte sie nach der Stelle zurück, wo sie die grausame Wunde erhalten hatte. Kein Blutstropfen bezeichnete die Stelle, nur die Birkenrute lag noch im Grase und schimmerte, von Sonnenlichtern umspült, wie flüssiges Silber. Als sie diese Rute aufhob, um sie als trauriges Andenken mitzunehmen, da begann die Rute zu Stellas höchster Verwunderung zu sprechen, in etwas hagebuchenem Dialekt, aber doch deutlich genug:

„Ich war eine ganz gewöhnliche Rute. Seitdem ich aber das Hinterteil eines Gottes berührt habe, bin ich eine sogenannte Wünschelrute geworden. Alles was du mit mir berühren wirst, wird dir zu eigen werden. Und jeder Wunsch, den du aussprichst, indem du mich schwingst, wird dir in Erfüllung gehen".

Da nahm die Prinzessin die Rute mit und machte sich auf den Weg nach dem Hürdenplatz, wo der schöne Schäfer seine Lämmer hütete. In paradiesischer Nacktheit und Unschuld lag er wieder in tiefem Schlafe, wie der Stammvater des Menschengeschlechtes, als der allmächtige Schöpfer ihm eine Rippe nahm. Noch holder als das Weib, das aus jener Rippe hervorblühte, war die jungfräuliche Stella, als sie, das verkörperte Verlangen, mit hochgeröteten Wangen vor dem schlafenden Jüngling stand. Und doch wußte sie nicht, welchen Wunsch sie aussprechen, welchen Teil seines Körpers sie mit der Rute berühren sollte. Und wie sie so zögernd dastand, wurde die Wünschelrute ungeduldig und zuckte in ihrer Hand gleich einer kleinen silberschimmernden Schlange. Und als Stella sich endlich entschloß, war es mehr ein Schlag denn eine Berührung, was den schönen Schläfer traf.

Ach, welch ein Schrecken befiel da plötzlich die Königstochter! So war es nicht gemeint! War das eine böse Rute! Die getroffene Stelle des Körpers des schlafenden Hirten rötete sich plötzlich und schwoll sichtlich an, immer mehr und mehr ... Niemals hatte die Jungfrau Ähnliches gesehen ...

Da warf die Prinzessin die Rute von sich und wollte

fliehen. Doch es war zu spät. Mit einem Lächeln des Entzückens erwachte der junge Hirte und er streckte begehrlich die Arme nach der zitternden Jungfrau aus. Und er drückte sie an sich und gebärdete sich schier wie ein Wahnsinniger. Von unsagbarem Mitleid für seinen Zustand ergriffen, überließ sich ihm Stella in schämiger Seligkeit und bald erkannte sie, was sie gewünscht hatte, indem sie die Wünschelrute schwang.

Das Glück liegt in der Mitte.

Vor langer, langer Zeit lebte in einem Lande, das dem Geographen unbekannt geblieben ist, ein Prinz, dessen Personsbeschreibung uns nicht überliefert worden ist. Das sind Angaben, deren Genauigkeit man hoffentlich nicht in Zweifel ziehen wird. Alles, was man von dem mysteriösen Helden dieser wahren Geschichte weiß, ist, daß er Prinz Cascarin hieß.

Ein hübscher Name für einen Prinzen, wie?

Prinz Cascarin war, wie jeder Wunderprinz, der etwas auf sich hält, schon bei seiner Geburt von einer Schar guten Genien und wohltätiger Zauberinnen umgeben, die ihm die glänzendste Zukunft weissagten und ihn mit allen Tugenden schmückten. Zur Feier seiner Geburt hatten seine königlichen Eltern einen großen Taufschmaus veranstaltet, zu dem alle Großen des Reiches eingeladen wurden. Das Zechgelage dauerte dreißig Tage und dreißig Nächte.

Doch unglücklicherweise war die böse Fee Panaris, die man vergessen hatte zum Taufschmause einzuladen, in einem Augenblicke gekommen, wo man sie am wenigsten erwartet hatte. Sie war in einem mit drei fliegenden Kamelen bespannten Wagen gekommen, den sie vor dem königlichen Palaste stehen ließ, und sie benützte die späte Stunde, da die Eltern, der Taufpate und die Taufpatin, die Gäste und der Neugeborene selbst von den reichlich genossenen verschiedenen Getränken betäubt unter dem Tische lagen und schliefen, — sie benützte, sage ich, diese späte Stunde dazu, dem Prinzen Cascarin ein Geschenk zu machen, aber ein schlimmes Geschenk in der Gestalt der folgenden verhängnisvollen Prophezeiung:

„Ich kann es nicht verhindern, daß du nach Verlauf von etwa zwanzig Jahren ein in jeder Hinsicht vollkommener Jüngling seiest, schön, liebenswürdig, kräftig, für die Liebe geschaffen. Aber ich kündige dir an, daß du die Liebesfrüchte all' dieser Vorzüge nicht eher wirst pflücken können, als bis du ein Mägdlein mit der seltsamen Eigenschaft findest, daß es Waden besitzt, die nicht zu dick und nicht zu mager sind."

Nach diesen Worten verschwand die böse Fee Panaris auf ihrem mit drei fliegenden Kamelen bespannten Wagen, die als rechtschaffene Kamele nicht umhin konnten, sich zu sagen: „Die alte Hexe Panaris ist noch mehr Kamel als wir."

Womit sie vollkommen recht hatten.

Denn man kann sich nicht denken, welche furchtbaren Folgen für den Prinzen Cascarin die böse Prophezeiung der rachsüchtigen Fee hatte.

Als der Prinz das mannbare Alter erreicht hatte, fühlte der

reizende Jüngling in sich die Begierden erwachen, die der Anblick eines hübschen Weibes in dem Innern eines jeden gesunden, kräftigen und wohlgestalteten jungen Mannes erweckt.

Wäre es nur von ihm abhängig gewesen, diese Begierden zu erfüllen, so hätte die Sache nicht lange auf sich warten lassen und seine Einweihung in das süße Geheimnis hatte sich rasch vollzogen. Er war lieblich von Antlitz und schön von Gestalt und dazu von so leutseliger Art, daß er bei den Frauen und Jungfrauen aller Stände wohlgelitten war.

Doch er hatte mit dem Banne zu kämpfen, den die alte Hexe über ihn verhängt hatte.

So wie Prinz Cascarin, von den Reizen einer Jungfrau angelockt, sich derselben näherte, um ihr seine glühende Bewunderung zu bezeigen, tauchte in seinem Geiste der furchtbare Zweifel auf: „Werden ihre Waden nicht zu dick oder nicht zu mager sein?“

Und er mußte sich darüber um jeden Preis Gewißheit verschaffen.

Allein, das hatte seine Schwierigkeiten. Es kam vor, daß die entrüstete Jungfrau sich jeder Untersuchung widersetzte und daß der Prinz in der Überzeugung, daß diese übertriebene Züchtigkeit irgend eine körperliche Unvollkommenheit verbarg, nicht weiter bei der Sache beharrte.

Oder es geschah, daß das Mägdlein sich seiner Laune unterwarf und diese Fügsamkeit ihn in eine andere Verlegenheit versetzte: wenn er die gesuchte Entblößung vor Augen hatte, war er nicht imstande zu einer Entscheidung zu gelangen. Wie sollte er wissen, ob die Waden, die man ihn sehen ließ, so herrlich sie auch waren, nicht ein klein wenig zuviel vom Fette oder vom Gegenteil hatten?

ob sie vollkommen dem unbestimmten künstlerischen Ideal entsprachen, dem vielleicht unerreichbaren Typus von Schönheit, der ihm als Bedingung der Erfüllung seiner Liebessehnsucht festgestellt worden?

Eine grausame Ungewißheit, die seine Begeisterung lähmte, seine jugendliche Sehnsucht fesselte, das edle Feuer seiner ersten Leidenschaft dämpfte. Während er unschlüssig schwankte, seine zweifelsüchtige Betrachtung über die erlaubten Grenzen hinaus verlängerte, hatte das flüchtige Verlangen zehnmal Zeit wieder zu schwinden und die Geneigtheit des Mägdleins, welches einer endlosen Verwirrung ausgesetzt war, trug nur dazu bei, die Begierde dieses Liebhabers ohne Überzeugung aus ihrer Bahn zu drängen.

So blieb denn Prinz Cascarin, obgleich er alles hatte, was nötig war, um glücklich zu sein, der ewig Unbefriedigte und versäumte alle Gelegenheiten, die sein anmutiges Antlitz, seine hohe Stellung oder einfach die Wirkung des Frühlings unablässig in seinen Spuren erstehen ließ.

Ihm waren übrigens die Ursachen seines traurigen Schicksals nicht unbekannt. Ein alter Diener seines Hauses, der ehemals, — weniger betrunken als seine Gebieter — Zeuge der verhängnisvollen Beschwörungen der grausamen Fee Panaris gewesen, hatte ihn über den Bann belehrt, der auf ihm lastete.

Vergebens strengte er sich an, durch ein Aufraffen von Energie und Initiative im psychologischen Augenblick diesen Bann zu brechen. Immer wieder pflanzte sich vor ihm das beängstigende Fragezeichen auf: „Hat diejenige, die dir endlich die reinen Wonnen der Liebe gewähren soll, nicht zu dicke oder zu magere Waden?“

Seine sonderbare Art, sich den Frauen und Jungfrauen gegenüber im entscheidenden Augenblicke zu betragen,

war allmählich im ganzen Lande ruchbar geworden und der Prinz fand überall, wo er Liebe heischte, geschlossene Türen.

Eines Tages, als Prinz Cascarin, seinen trostlosen Gedanken sich hingebend, in den Auen sich erging, die eines der Schlösser seines königlichen Vaters umgaben, bemerkte er die entzückendste Hirtin, die man sich denken kann, die eine Herde fetter rosiger Ferkel hütete.

Er betrachtete sie und sie lächelte.

Entzückt näherte sich der Jüngling der anmutigen jungen Bäuerin. Sie machte nicht im geringsten Miene zu entfliehen.

Er faßte sie an der Hand, ließ sie neben sich auf einer Erhöhung des Rasens Platz nehmen und flüsterte ihr süße Worte zu, die sie mit geschlossenen Augen anhörte.

Er erbat sich von ihr die Gunst eines Kusses. Fügsam bot sie ihm die Wange dar.

Da er nunmehr sicher war, daß er keinen Widerstand zu befürchten habe, wagte er die indiskrete Frage:

„Liebstes Schätzchen, ich möchte für mein Leben gern die Säulchen sehen, die deinen köstlichen Körper tragen."

Das unschuldige Kind hob seinen Rock.

Niemals hatten schöner geformte Waden die Augen des Jünglings entzückt. Dennoch beschlich ihn auch jetzt wieder der Zweifel und er begann zu weinen.

„Was ist dir?" fragte die kleine Hirtin beunruhigt.

Von der innigen Teilnahme, die in der Stimme des holden Mägdleins zitterte, ermutigt, erzählte der Prinz dem holden Kinde die traurige Geschichte seines Lebens, wes hoher Herkunft er sei und wie er schon in der Wiege von einer bösen Hexe mit einem so verhängnisvollen Banne belegt worden sei, der ihn hindere, das höchste Glück auf

Erden zu genießen. Und er erklärte ausführlich der jungen Hirtin die Prophezeiung, deren Opfer er war.

„Ei, Närrchen!" rief da das kluge Kind; „du hast die vortrefflichen Absichten der guten Fee Panaris nicht verstanden. Indem sie dir riet, den allzu dicken und allzu mageren Waden gleichmäßig zu mißtrauen, hatte die kluge Alte keinen anderen Zweck als dich die Wahrheit des Sprichwortes erkennen zu lassen:

„Das Glück liegt in der Mitte!"

Und Prinz Cascarin zögerte nicht länger, sich davon zu überzeugen.

Das Mysterium des Lebens.

Zur Zeit als das Pulver erfunden ward und die ersten Bücher gedruckt wurden, lebte ein Bücherwurm, der ging dem Leben aus dem Wege, wo er nur konnte. Und da er wußte daß das Leben vom Weibe stammt, im Weibe sich am herrlichsten entfaltet, beschloß er, ein Mönch zu werden. War es doch auch in jenen Zeiten nur mittels des Skaphanders der Mönchskutte möglich, in die verborgensten Tiefen der Wissenschaft hinabzutauchen.

Die tiefste Weisheit aber war in jener Kammer der Klosterbibliothek verborgen, die an den Weinkeller stieß. Hier standen die dickleibigen schweinsledernen Bände und grinsten selbstzufrieden mit den kupferbeschlagenen Ecken. Der Bücherwurm war hier in seinem Element und bald ebenso dickbäuchig wie diese Bände. Das einzige, was an ihm noch eckig war, die Nase, belegte sich ebenfalls bald mit Kupfer.

Eines Tages fand der Bücherwurm in der Gesellschaft der Schweinsledernen ein zierliches Büchlein, dessen Ausstattung durchaus nicht an Schweinernes erinnerte. Es gemahnte viel eher an die Blumenwelt, denn sein Elfenbein-Einband war von einem zarten Hauch überflogen, wie eine junge Teerose oder eine Lilie, deren betauter Kelch sich im Morgenrot spiegelt. Dieses Büchlein trug die Inschrift: „Das Mysterium des Lebens".

Mit trunkenen Augen starrte der Bücherwurm auf den seltsamen Fund, lang und sinnend, wie man in einen tiefen Brunnen blickt. Und siehe da! Unter dem rötlichen Glanze des Kupferbeschlages seiner Nase nahm der zarte Rosenstaubanflug des Einbandes tiefere, dunklere Töne an.

„Offenbar lügt das Buch wie gedruckt, weil es errötet, wenn man es nur anblickt!" scherzte der Bücherwurm für sich selbst.

Es war aber Ernst: der Band enthielt Verse! Gedichte!

Das will nun auf den ersten Blick nicht viel sagen, denn Verse wurden auch schon gemacht, als das Pulver noch nicht erfunden war und als noch nichts gedruckt wurde (Auch heutzutage werden noch Verse gemacht, die niemals gedruckt werden, weil ihr Verfasser das Pulver nicht erfunden hat.) Aber diese Verse waren echte Poesie, gediegenste Kunst. Schon die beiden Strophen des ersten Gedichtes muteten an wie dunkelsamtene Pensées, in deren Tau sich der Himmel mit allen Sternen spiegelt. Dann folgte eines, über dessen lang hingestreuten Verswogen eine Melancholie lag, wie über Schwingen schwarzer Schwäne oder über den tiefsten Schatten einer Sommernacht, die von Narzissen duftet. Das dritte Gedicht aber war von ganz anderem Schlage. Es war witzig wie ein Bonmot und süß wie eine schwellende Kirsche. Von diesem Gedicht war der Mönch so entzückt, daß er sich dabei ertappte, wie er seine Lippen auf das Buch drückte, als wäre es die Bibel oder ein Gebet-

buch. Und zwischen den Versperlen klang der Schelm hervor wie ein silbernes Glöcklein!

Auf dieser Seite war ein Merkzeichen im Buch, ein schwarzes Band mit sieben Kreuzen, gleichsam eine Mahnung, ja nicht weiter zu lesen . . .

Natürlich las der Bücherwurm erst recht weiter. Er bereute es nicht, denn das Buch wurde immer gehaltvoller. Schon auf der folgenden Seite stand eine ganz wundervolle Dichtung, keusch wie frischgefallener Schnee. Und doch, wie warm war dieses Gedicht! Wie edel und sanft sein Schwung, wie fest und doch wie weich seine Formen! Wie Wellen wiegten sich die Rhythmen, wie Wellen, auf deren Spitzen Rosenknospen hüpfen.

Und immer schönere, aber auch schwülere Gedichte folgten. Da war z. B. ganz hinten im Buch eines von einer Fülle des Gehaltes und einer Plastik und Anschaulichkeit, daß es alle früheren übertraf. Der Inhalt war aber viel realistischer. Aus seinen pompösen Strophen klang zuweilen eine eigentümliche Musik, wie der Hauch der Flöte eines sterbenden Musikanten oder der Ton von Münchhausens gefrorner Trompete, als sie plötzlich auftaute . . .

Das vorletzte Blatt des Buches war nicht aufgeschnitten. Wie seltsam! Das Exemplar war doch gebunden! Noch merkwürdiger war ein Vermerk des Verlegers: Dieses Blatt darf nur aufschneiden, wer das Buch kauft!

„Unsinn. Ein wenig hineinsehen darf man doch!“ dachte der Bücherwurm und schob mit dem Finger die Spalte auseinander.

Es war nur ein ganz kleines Lied. Aber schon die ersten Verse waren von elektrischer Wirkung. Erschrocken ließ der Mönch das Buch auf den Schoß fallen, als hätte ihn eine Wespe gestochen. Richtig, sein Finger war ganz geschwollen. War das ein pikantes Gedicht! Wütend zerriß er die Falte. Das Lied begann mit einem Schmerzensschrei und endete mit einem Wonneseufzer . . .

„Ich bin erlöst!“ hauchte das Buch und — war verschwunden.

Zu den Füßen des Bücherwurms aber lag ein schönes, junges Mädchen.

„Wie danke ich dir!“ flüsterte es aufatmend, „wie danke ich dir; du hast mich erlöst.“

Der Bücherwurm zog sie an seine Brust und warf die Mönchskutte von sich. Dieser Skaphander war ja auch nicht mehr notwendig, war er doch in die Tiefen allen menschlichen Wissens eingedrungen. Das Mysterium des Lebens war ihm offenbar geworden.

Das Kreuz des Orion.

Jedermann kennt das Sternbild des Orion, dieses Diamantkreuz am Nachthimmel.

Aber nur wenige wissen, wer Orion war und die allerwenigsten, wie dieses Kreuz, Orions Hauskreuz, an das Himmelszelt gelangte. Und wenn einer unter tausenden etwas darüber zu wissen glaubt, befindet er sich gewiß auf falscher Fährte; denn erstens reichen alle diese Sagen nicht nur in das graue, sondern schon in das aschgraue Altertum zurück, zweitens war Orion ein Hellene und die Griechen nehmen es bekanntlich auch heute mit der Wahrheit nicht so genau, und drittens war Orion ein Jäger und . . . Sie wissen ja . . .

Ich aber habe die Geschichte in einer weihevollen Stunde poetischer Begeisterung von der allgebietenden Venus selbst gehört. Sie, die Unsterbliche allein hat glaubwürdige Kenntnis davon, alle anderen Lesarten sind hinfällig.

Man höre denn!

Orion war von seinem Vereinsbruder Nimrod nach Babylon zum Schnepfenstrich eingeladen worden. Nun war aber Orion nicht nur ein gewaltiger Jäger, sondern auch ein gefährlicher und gefürchteter Bezwinger der Frauen. Das sind zwei Eigenschaften, die sich häufig genug zusammenfinden: ist ja das Weib das schönste und edelste Wild auf Erden. Für Männer mit solchen noblen Passionen war Babylon gerade der richtige Boden. Hier sah man weibliche Schönheiten aller Länder und Sprachen, aller Rassen und Hautfarben, aller Trachten und Kostüme. Von den schneebedeckten Galerien des wolkenspaltenden Turmes streckten reizende Blondinen in Schwanenpelzen die koketten Näschen über die Ballustraden. Negerinnen mit Lippen wie Wiener Würstchen und mit Locken wie Rettigbohrer wiegten die ebenholzfarbenen üppigen Formen des Oberkörpers auf mächtigen, von roten Schürzen umflatterten Hüften. Hindumädchen, den Bauch und die klassisch geformten Brüste mit nichts bekleidet als mit dem lebendigen Schmuck dicker Tiger- und Korallenschlangen, zeigten ihre berückenden Künste auf den Terrassen der hängenden Gärten, zwischen goldenen Blumen, und unter dem kühlen Druck der opalisierenden oder metallisch glänzenden Schuppenleiber schien ihre straff gespannte Haut zu erschauern. Da sah man Zirkassierinnen, schlank und hochgewachsen, mit blassem, schmalem Antlitz, das bei aller Sanftmut des Blicks etwas Kühnes und Vornehmes hatte, ein Gepräge, das durch die stolz geschweiften Brauen und durch die Art, wie sie ihr Haar trugen, noch erhöht wurde. Griechinnen, göttlich schön, in weiße, silbergestickte Linnen gekleidet, die den Fuß bis zu dem Knöchel bedeckten. Diese luftige Hülle war über eine Schulter geschlagen, während sie die andere völlig frei ließ, so daß die Linie von der unverhüllten Schulter bis zur Spitze der

Brust, diese feingeschweifte Wellenlinie dem entzückten Auge bloßlag. Perserinnen, in gemalte Flammen gekleidet oder den unverhüllten Körper an den diskreten Stellen mit kleinen Sonnen bedeckt, die die Augen des Bewunderers blendeten. Jüdinnen, Babylonierinnen und Ägyptierinnen, mit geschlitzten Augen und mit Nasen, deren Flügel fast die Oberlippe berührten, mit Blumengewinden oder Rosen über den wollüstig schwellenden Formen.

Orion aber, der große Frauenverführer, hatte viel Liebesglück schon genossen und nicht leicht war es, seine gesättigten Sinne zu entflammen. Oft genug blieb er unempfindlich für den Zauber des feurigsten Auges, für den Reiz des glühendsten Mundes, für den Duft des betäubendsten Parfüms, für die berückende Gewalt göttlicher Nacktheit, für den Pomp der reichsten Gewandung.

Da erblickte er eines Tages Astarte, eine junge Verwandte Nimrods, das schönste Weib Ninives. Ein ovales Antlitz mit geheimnisvoll lächelnden Zügen und feucht schimmernden, verschleierten Augen lockte zwischen langen, blauschwarzen Haarwellen. Ihre Tracht war die der assyrischen Frauen: ein Überwurf von indigoblauem, purpurnem oder schwarzen Samt mit silbernen oder goldenen Sternen bestickt. Und vornehmlich diese Sterne waren es, die Orions Aufmerksamkeit auf Astarte lenkten und allmählich heißes Verlangen in ihm erweckten. Einer glänzte über der blendenden Stirne auf der schwarzen Haarkrone. Sein silberner Strahlenkranz umschloß eine purpurne, halb geöffnete Muschel mit einer wasserhellen Perle in der Tiefe. Die vier anderen Sterne blitzten auf dem Samtgewande, das eng anschließend die Rundungen des Körpers verriet, aber geschlossen bis zum zarten Kinn alles diskret verhüllte. Und doch — nur die Schlauheit des Weibes ersinnt solche sinnberückende

Kombinationen — war das Samtkleid ausgeschnitten, mehr als dekolletiert! Die Ausschnitte waren eben die Sterne, vier an der Zahl, mit dem fünften im Haar die Figur eines Kreuzes bildend. Sie waren mit silbernen und goldenen Litzen eingesäumt, die von Brillantsplittern glitzerten. Die beiden oberen Sterne zeigten die rosigen Spitzen der Brüste und den sie umgebenden blässeren Hof in ihren fünfzackigen Strahlenkränzen und es hatte den Anschein, als hätten die saftstrotzenden Rosenknospen in funkelnden Rissen die Hülle gesprengt. Eine golden strahlende Sonne zeigte in ihrem Feuerrad, neugierig aus diesem hervorquellend und zugleich schämig zurückweichend — auf der Perlmutterfläche des Bauches eine Schmetterlingsblüte und in ihrer Nähe traf der berauschte Blick ein letztes Sternlein, das Ähnlichkeit mit einer Silberdistel hatte.

Die Göttin schloß ihre Mitteilungen mit den folgenden Worten:

„Die schöne Astarte leistete den ungestümen Liebeswerbungen Orions lange Widerstand, doch ich erbarme mich seiner und entsandte den holden Knaben Kupido zu der spröden Schönen. Sie ließ die Hülle fallen. Ihr sternengeschmücktes Kostüm leuchtet seither am Himmelsgewölbe."

Die Plattensee-Nixe.

Nach dem Ungarischen des L. Nógrádi.

Der Schilfrohrwald am Plattensee-Ufer säuselt und raschelt. In stillen Nächten ertönt daraus zuweilen lautes Geschrei. Geschrei und noch etwas, das wie Gelächter klingt. Silberhelles Gelächter. Das Wasser plätschert und das Lachen lockt so wunderbar. In mondklaren Nächten hört man nur das Plätschern des Wassers und von Zeit zu Zeit geht ein Krachen und Knistern durch den Schilfrohrwald, wie unter schweren Tritten. Dann taucht plötzlich etwas Weißes auf. Ists der Spiegel des Sees? . . . Nein, nein, es ist der wundersame, weiße Körper der Plattensee-Nixe.

*

Tag für Tag führte der Schäfer seine Herde auf den mit Büschen und Sträuchern bestandenen Abhang des alten Szigliget-Berges zur Weide; aber wenn der Abend kam, kehrte der Schäfer heim zu seiner Lebensgefährtin. Sie war ein schönes, stattliches Weib und die beiden liebten einander sehr. Abend für Abend erwartete die Schäfersfrau ihren Mann vor dem Tore des Gehöftes und wenn in der Ferne das Glöcklein des Leithammels erklang, lief sie ihm entgegen. Sie umarmte und küßte ihren schönen Schäfer und

wenn die beiden in der Küche sich vor dem lustig prasselnden Herdfeuer niederließen, fanden sie sich kaum etwas zu sagen. Sie begnügten sich damit, einander zu betrachten.

Eines Abends sprach die Frau zu ihrem Manne:

„Ich muß euch eine große Neuigkeit melden. Das Schloß ist nicht mehr unbewohnt. Die Herrschaft ist heimgekehrt.“

„Die Herrschaft ist heimgekehrt?“ fragte der Schäfer verwundert. „So werden wir denn endlich einmal den Mann zu sehen bekommen, dessen Brot wir essen. Und wie sieht die Herrschaft denn aus?“

„Der Herr ist schon ein alter Mann, ich sah es deutlich, als die Kutsche auf den Weg zum Schlosse einlenkte. Auch ein Frauenzimmer saß an seiner Seite. Sie ist schön, mag sie nun Frau oder Maid sein.“

„Sie kann nicht schöner sein als du,“ sprach der Schäfer und küßte sein Weib. „Mir bist du doch die Allerschönste, geliebte Anna.“

Die Schäfersfrau erwiderte die Liebkosung ihres Mannes. In der kleinen Schäferhütte wohnte das Glück, wie es weit und breit nicht schöner und reiner zu finden war. Und doch war das Ehepaar so arm! Die Frau hatte nichts mitgebracht als ihre zwei liebenden Arme. Aber sie klagten nicht. Wenn sie sich ihrer Armut erinnerten, schauten sie nur einander an.

„Es gibt kein schöneres Weib als das meinige,“ dachte der Schäfer.

„Es gibt keinen strammeren, schöneren Mann als den meinigen,“ dachte die Frau.

Und sie lachten laut und vergnügt dazu.

II.

Die Frau an der Seite des Herrn in der Kutsche war seine Gemahlin. Gelangweilt schaute sie auf die weithin gestreckten Äcker und Wiesen, als ihr Gemahl ihr sagte:

„Alldas ist mein, alles, alles.“

Was galten der schönen Frau die vielen Äcker und Wiesen, wenn sie sich langweilte? Was galt ihr aller Reichtum, wenn ihr Gemahl fahle Lippen und schlotternde Beine hatte?

„Was werde ich hier anfangen?“ dachte sich die junge Frau. „Ich werde mich zu Tode langweilen.“

Sie liebte ihren Gemahl nicht. Was hätte sie auch an ihm lieben können? Er hätte ihr Vater sein können und

war ihr Gemahl. Unstet ging und ritt sie den ganzen Tag umher und dabei erblickte sie eines Tages den Schäfer.

Die schöne Frau saß auf der Wallmauer des Schlosses Szigliget, der Schäfer weidete unten am Bergabhang seine Herde. Sie schaute und schaute nach dem Schäfer. Und fortan harrte sie so Tag für Tag, bis der Schäfer mit seiner Herde käme.

III.

Der Schloßherr klatschte seiner Gemahlin Beifall, als sie ihm ihr Vorhaben mitteilte, die Kleidung einer Bäuerin anzulegen und so durch Wald und Feld herumzustreifen. Und als die schöne Frau gar in dieser Kleidung vor ihm erschien, rief er entzückt aus:

„Herrlich! Sie sind die schönste Bäuerin im ganzen Ungarlande!“

Die Schloßherrin aber blieb bei diesen Lobsprüchen ihres Gemahls kalt und dachte nur daran, was der Schäfer sagen werde. Sie eilte hinaus und den Szigligeter Bergrücken hinab. Sie trug ein Körbchen am Arm, das sie mit Feldblumen füllte.

„Darf ich hier ausruhen?“ fragte sie den Schäfer, als sie bei ihm eintraf.

„Warum sollten Sie nicht dürfen?“ entgegnete der Schäfer.

Sie ließ sich neben dem Schäfer nieder. Ihre schöngeformten, mit feinen Schuhen bekleideten Füße blieben frei, die weiten Ärmel ihres Brustleibchens zog sie an den vollen weißen Armen hoch hinauf. Wenn sie lachte, schimmerten ihre weißen Zähne. Ihre Augen ruhten mit verführerischem Gefunkel auf dem Schäfer.

„Wohin? wohin?“ fragte der Schäfer.

„Ich gehe nach der Szentgyörgyer Pußta, aber ich will hier gern ausruhen.“

Der Schäfer blickte auf. Und als er sah, daß das sinnliche Antlitz der Frau ihm verführerisch zulächelte, überlief ihn tiefe Röte. Die Röte des Zornes und nicht der Scham.

„Es ist ja gut hier auszuruhen,“ sagte er.

„Nicht wahr, es ist gut?“ wiederholte die Frau und rückte noch näher an den Schäfer heran.

Da verließ den Schäfer die Geduld.

„Der Bergrücken ist breit genug,“ sagte er. „Ich mag nur neben meinem Weibe sitzen.“

Mit diesen Worten erhob er sich unwillig und ließ die Frau sitzen.

„Du wirst dennoch mein sein,“ murmelte die Frau nach einer Weile.

Dann erhob sie sich gleichfalls und ging ihres Weges.

IV.

Der Abend dämmerte heran. Die Sonne senkte sich in die glatte Keßthelyer Bucht des Plattensees hinab. Eine endlose Kette von Goldringen wiegte sich auf der Wasserfläche, die allmählich eine graue Färbung annahm. Der Schäfer stand am Fuße des Berges. Der Tag war erstickend heiß gewesen. Der Schäfer erwartete den abendlichen Tau, um seine Herde ein wenig weiden zu lassen. Er starrte auf den See hinaus und beobachtete, wie hinter der Fonyóder Bergkuppe der Mond hervorkam.

Langsam, langsam schwebte das Silbernetz wie ein schwimmender Nebel über die weite Fläche des Plattensees, bis es schließlich den ganzen See zugedeckt hatte. Nur das Ufer und am Ufer das Röhricht dunkelte herüber.

Dem Schäfer wars, als hörte er aus dem nahen Röhricht lautes Lachen. Er schaute hin. Das Röhricht wich auseinander und der Schäfer konnte im silberhellen Mondlichte eine gar seltsame Sache sehen. Ein wundersam schönes Weib erhob sich aus dem Wasser. Lang floß ihr raben-

schwarzes Haar herab, weiß blinkte der herrliche Leib, die Augen aber funkelten wie Sterne. Und das wundersam schöne Weib winkte dem Schäfer.

Der Schäfer stand da, als wären seine Beine in den Boden eingewurzelt.

„Das ist die Plattensee-Nixe," flüsterte er und er konnte seine Blicke nicht von der Wundererscheinung wenden.

Die Nixe kam aus dem Wasser heraus und betrat die taubenetzte Wiese. Der Abendwind spielte mit ihrem langen feuchten Haar. Ihr weißer Leib leuchtete gar wundersam. Der Schäfer verfällt dem Zauber. Die Herde weidet schon weit von da; sein Hund mahnt ihn von Zeit zu Zeit durch ungeduldiges Bellen. Aber er merkt nichts, betrachtet nur die Nixe. Dort steht sie auf der Wiese und neckt ihn und winkt ihm mit ihrem schönen langen Haar. Dann wendet sie sich um und legt sich in das grüne Gras. Sie hat keine andere Decke als den Silberschleier des schimmernden Mondes.

Alldas dauert nur einen Augenblick, dann verschwindet die Nixe wieder im Röhricht. Tiefe Stille ringsumher, nur das Röhricht raschelt und flüstert so geheimnisvoll. Der Schäfer wagt sich jetzt näher zum Ufer des Sees.

„War das nicht ein bloßes Blendwerk meiner Augen?" murmelte er und lauscht.

Das Röhricht raschelt und flüstert, das Wasser plätschert, der Schäfer aber steht da und wartet. Er weiß es selbst nicht, weshalb er dasteht, was er erwartet und weshalb er nicht heimkehrt. Daheim harrt seiner sein Weib mit dem Abendbrot.

Er aber denkt nicht mehr an sein Weib; er sieht nur die Plattensee-Nixe. Er sieht das zauberisch schöne Antlitz der Nixe und trägt Begehr nach ihrem weißen Leibe. Alles

Blut ist ihm zu Kopf gestiegen und in seinem Schädel wirbelt und braust es wie in einer Mühle.

Als der Mond sich hinter den Wolken verbarg, teilte das Röhricht sich wieder und die Nixe hüpfte ans Ufer. Rasch wie ein Blitz. Ehe der Schäfer noch Zeit hatte zu erschrecken, hatten die Arme der Nixe ihn schon umfangen. Die weißen Arme der Nixe hielten ihn fest umschlungen. Und durch ihre feuchte Haut fühlt er die Wärme ihres Körpers. Und der Schäfer vermag nicht Widerstand zu leisten: die Nixe entführt ihn, tief in das Röhricht. Dort liegt ein Kahn und aus zahllosen duftigen Blumen aller Arten ist ein herrliches Lager in dem Kahn bereitet. Auf dem Lager lassen sie sich nieder. Dem Schäfer wollen schier die Sinne schwinden; die Nixe hüllt ihn in ihre langen, schwarzen Haare ein und lacht und lacht so verführerisch. Der Kahn mit seinem Blumenlager wiegt sich auf den Wellen des Sees und das Röhricht raschelt und flüstert so wundersam.

V.

Frau Anna wartete vergebens auf ihren Mann. Der Schäfer kehrte erst gegen den Morgen ganz müde und matt heim. Er war bleich und als sein Weib ihn fragte, wo er so lange geblieben, schlug er die Blicke nieder und wagte nicht seinem Weibe in die Augen zu schauen.

„Liebst du mich nicht mehr?“ fragte das Weib.

„Ich liebe dich,“ sagte der Schäfer.

„Ist etwa deiner Herde ein Unglück zugestoßen?“

„Ja, ja; fünfzig Schafe sind verloren; diese suche ich.“

So log der Schäfer. Er wagte nicht, seinem Weibe zu sagen, daß er mit der Plattensee-Nixe im blumengeschmückten, schaukelnden Kahne gebuhlt habe.

Und der Schäfer kehrte auch am nächsten Abend nicht heim und auch am dritten Abend nicht. Wenn der Abend dämmerte, streichelte er seinen treuen Hund und vertraute seiner Hut die Herde an. Er selbst aber stellte sich zum Röhricht und wartete, bis das Wasser im Röhricht in Wellenbewegung geriet und zu plätschern begann. Und er wartete auf das Lachen der Nixe. Und wenn dann ihr weißer, schöner Leib im Wasser auftauchte, ward der Schäfer von einem Taumel ergriffen und er folgte dem lockenden Rufe der Nixe und buhlte mit ihr. Dabei verkümmerte der arme Schäfer immer mehr. Er aß nicht mehr und fand keinen Schlaf. Sein Weib ermahnte ihn:

„Suche doch nicht länger, was verloren ist. Und härme dich nicht ab.“

Doch das war vergebens; der Schäfer schenkte seinem Weibe kein Gehör. Wenn der Abend kam, erwartete er die Nixe.

Auch am Abende des achten Tages stand er am Seeufer und wartete. Er wartete, daß das Röhricht zu rascheln und zu flüstern begänne und aus dem Wasser die Nixe auftauche. Doch er wartete vergeblich. Mitternacht war vorüber und die Nixe kam nicht. Und der Schäfer wartete in heißer Sehnsucht; er hatte Begierde nach ihrem weißen Leib, nach ihren glühenden Umarmungen. Die Nixe aber kam nicht. Der Morgen dämmerte und sie kam nicht. Und der Schäfer stand den ganzen Tag da; vielleicht kommt die Nixe lieber im glühenden Sonnenbrande. Doch sie kam nicht. Und abermals brach die Nacht herein. Ein heißer, erstickender Wind strich durch das Röhricht am Ufer. Das Wasser zischelte und plätscherte so seltsam.

„Sie wird weiter drinnen im Röhricht sein,“ dachte der Schäfer und stieg in das Wasser mit dem sumpfigen, von

Schlingpflanzen durchzogenen Grunde. Und er ging und ging, immer weiter, immer tiefer.

„Nixe, hier bin ich! hebe mich auf dein schaukelndes Blumenbett,“ flüsterte er. Und er ging immer weiter. Das Wasser reichte ihm jetzt schon bis zur Schulter. Jetzt schien ihm, als schwebte die Nixe vor ihm her, so nahe, daß er sie mit der ausgestreckten Hand erreichen könnte. Er ging immer weiter, immer tiefer in den See hinein. Das Wasser reichte ihm jetzt schon bis zu den Lippen. Und der Schäfer wähnte, die Nixe küsse ihn mit ihren glühenden Lippen und umfange ihn mit ihren weißen Armen.

Der Schäfer war selig . . . er breitete die Arme aus und umschlang lächelnd die Wellen, die mit schaukelndem Plätschern über seinem Kopfe zusammenschlugen.

Frau Anna wartete vergeblich auf ihren Mann, er kehrte nicht mehr heim. Zwei Tage später fanden ihn die Badacsonyer Fischer. Er schwamm auf dem Wasser. Die Arme waren auf der Brust geschlossen, als würde er die Nixe umfangen.

Der dankbare Hirsch.

Ich will hier nicht von dem Hirsch erzählen, der zwischen dem Geweih ein Kreuz trug und Sankt Hubert begegnete. Auch nicht von der Hirschkuh der Genoveva. Meine Hirschgeschichte ist aber gleichfalls sehr moralisch, denn sie zeigt wieder einmal, daß die Tiere für empfangene Wohltaten dankbar sind.

Ein stattlicher Zwölfender, von den Bogen der Jäger leicht angeschossen, wurde von der Meute gehetzt. Auf seiner tollen Flucht erreichte er eine im Walde erbaute Kapelle, an welche ein Häuschen stieß. Hier hauste ein Einsiedler, der sein Leben in Gebeten und frommen Betrachtungen verbrachte. Ein noch junger Mann und doch schon dem sündigen Treiben der irdischen Welt abgewendet. Eben trat der Einsiedler aus der Kapelle und erblickte das blutende Tier, das — Todesangst in den Lichtern — ihn um Schutz und Rettung anflehte.

„Dir soll geholfen werden," sprach der Einsiedler, von Barmherzigkeit erfüllt. „Rasch in die Kapelle!"

Der Hochgeweihte ließ sich das nicht zweimal sagen: er sprang in die Kapelle und krachend fiel die Pforte der Kapelle ins Schloß. Die Hunde wollten folgen, doch der Einsiedler jagte sie mit hochgeschwungenem Knüttel zurück.

Als die Jäger herankamen, meinten sie, die Wut der Meute gelte dem frommen Einsiedler in der härenen Kutte und seinem drohend geschwungenen Knüttel. Es fiel ihnen auch nicht auf, daß einige der grimmigsten Rüden an der Pforte der kleinen Kapelle emporsprangen und kläffend das Gotteshaus umkreisten. Sie schrieben dieses unerklärliche Treiben der Doggen der fremdartigen Erscheinung des Waldbewohners zu, mit dem sie es nicht verderben durften, da er im Rufe der Heiligkeit stand. Sie riefen die Hunde zurück, banden sie an die Koppel, verabschiedeten sich mit ehrfurchtsvollem Gruße von dem frommen Manne und setzten ihre Jagd in einem anderen Teile des Waldes fort.

Der Kapitale war gerettet.

Als der Einsiedler ihm die Pforte der Kapelle öffnete und ihn ins Freie ließ, ward der Hirsch von solchem Dankgefühle überwältigt, daß er darob plötzlich sprechen lernte.

„Sprich einen Wunsch aus," sagte er zu seinem Retter gewendet.

Der Einsiedler aber streichelte mit der Linken das Tier, während er mit der Rechten an die Brust schlug und erwiderte:

„In dieser Brust darf kein anderer Wunsch glühen, als Gott zu gefallen und den Menschen wohlzutun."

Darob war nun der Hirsch sehr betrübt und fortan sann er Tag und Nacht nur darüber nach, wie er sich seinem Lebensretter dankbar erweisen könnte.

An einem schönen Sonntagsmorgen — die Hegezeit hatte fast ihr Ende erreicht — kam der Hirsch vertraut zur Försterei und erblickte dort die junge Försterstochter, ein blühendes

Mädchen von siebzehn Jahren. In den Blicken der Jungfrau schimmerte etwas wie ein mildes Sehnen. Als der Hochgeweihte die holde Maid erblickte, gedachte er unwillkürlich des jungen Eremiten. „Gott zu gefallen und den Menschen wohlzutun,“ das ist der Herzenswunsch meines Retters, sagte sich das Tier.

Er senkte die zwölf Enden seines Kopfschmuckes zur Erde vor dem holden Mädchen, das freundlich nickte, weil es glaubte, die Huldigung gelte ihrer jugendlichen Schönheit. Doch gleich darauf stieß sie einen Schreckensschrei aus: sie hatte den Boden unter den Füßen verloren und hing mit dem Rocksaum an den obersten Enden des prächtigen Hirschgeweihs.

Hoch erhobenen Hauptes trug der Hirsch seine Beute dahin, von deren mysteriösen Schönheit die Waldvöglein heute noch singen und die Heckenrosen errötend erzählen. Er trug sie durch den Forst bis zu dem Einsiedler und bettete sie zu seinen Füßen in weiches Waldmoos.

Und die beiden Menschenkinder freuten sich miteinander, wie Adam und Eva. Der dankbare Hirsch aber murmelte zufrieden: „Das ist Gott gefällig und tut den Menschen wohl.“

Der Astronom.

Dieses himmlische Märchen ist leider ein Fragment geblieben . . .

Es ist noch nicht lange her, da reichten die Sterne eine Beschwerde ein bei Luna, ihrer Königin, weil sie sich durch die Aufmerksamkeit des berühmten Astronomen Gallimathias, Professor der unentdeckten Wissenschaften an der Universität Oxford, belästigt fühlten.

„Wir sind der Anschauung," sagten sie, „daß es eine große Unverfrorenheit ist, uns ständig anzustarren, noch dazu mit Ferngläsern. Und mit was für einem Fernrohr! Einen zierlichen Operngucker, mit Perlmutter und Gold ausgelegt, könnte man sich im Welttheater ja noch gefallen lassen, obwohl diese oder jene irdische Schönheit sich auch bedanken würde, jahraus-jahrein das Beobachtungsobjekt irgend eines platonischen Schwärmers, noch dazu eines solchen mit einer Glatze auf dem Kopf zu sein. Und dieser alte Esel entblödet sich nicht, mit einem Tubus, so groß wie eine Schiffskanone, uns Tag und Nacht zu begaffen. Ja selbst bei Tage, da wir schlafen und nicht auf den Glanz hergerichtet sind, so daß unsere Sommersprossen, Leberflecken und Komedonen sofort in das Auge springen müssen! Und der Flegel ist ungalant genug, solche unbedeutende Schönheitsfehler als Gebirge und Krater zu bezeichnen! Wir bitten dich, liebe Luna, stelle den Unfug ab, wir wissen sonst vor Verlegenheit nicht mehr, wohin wir strahlen sollen. Sieh nur, Miß Beteigeuze und Lady Aldebaran sind so tief errötet, daß ihre Brillanten die Glut ihres Busens spiegeln und Baronesse Wega ist ganz bleich vor Entrüstung!"

„Es ist wahr," erwiderte Luna, „die Zudringlichkeit dieses Menschen schreit zum Himmel, aber wir müssen sie uns gefallen lassen. Ja, wenn ich noch auf Erden wandelte, wie einst, als mich die Menschen wegen meiner Passion für die Jagd Diana nannten. Jetzt heißen sie ihre Vorstehhunde so, ein Beweis, wie sehr wir Götter auf den Hund gekommen sind. Aber damals war es mir ein Kinderspiel, dem Aktäon ein Geweih aufzusetzen zur Strafe dafür, daß er mich nackt im Bade sah. Wenn der alte Bursch wenigstens verheiratet wäre! Dann könnte ich mich hinter seine Frau stecken, damit sie das besorgt. Aber da liegt eben, weidmännisch gesprochen, der Hase im Pfeffer und der Hund begraben! Hätte Gallimathias eine Gemahlin, so verginge ihm die Lust daran, uns himmlische Schönheiten zu belästigen."

Da wurden die Sterne sehr traurig, daß Luna nicht helfen konnte und gingen mit ihrer Beschwerde zum Könige Sol, dem Sonnengott.

„Ich wüßte wohl, wie dem abzuhelfen wäre," sagte dieser, nachdem er die Beschwerde angehört. „Ich könnte ihn blenden, daß er das Augenlicht verlöre, dann stünde er da mit seinem Tubus und seinem Talent. Aber dann könnte er mich nicht mehr sehen und das wäre doch gar zu traurig! Ich könnte ihm so heiß machen, daß er aus dem Bierkeller nicht mehr herauskäme. Aber abgesehen davon, daß darunter die ganze Menschheit, also auch die Unschuldigen zu leiden hätten, denn der Alkohol ist ein schreckliches Gift, würde er im Rausche die diskreten Geheimnisse der Sphären verkehrt ausplaudern und euren Ruf und meinen Ruhm gefährden."

Der Sonnengott überlegte. Plötzlich verbreitete sich ein mutwilliges Lachen über sein glänzendes Gesicht.

„Heureka!" rief er. „Wir wollen ihm ein X für ein U vormachen!" Die Sterne sahen sich gegenseitig an. War die eigene Hitze ihm zu Kopf gestiegen?

„Ich will mich deutlicher erklären," fuhr der Sonnengott fort. „In der Rumpelkammer habe ich ein Bündel Strahlen, die ich nur selten benütze, weil ich nichts Rechtes damit anzufangen weiß, da sie jeden Körper durchdringen, anstatt ihn nur zu beleuchten. Die Menschen nennen sie X-Strahlen. Von diesen werde ich ein Dutzend in seinen Tubus verstecken. Wird er ihn dann auf euch richten, so werden weder eure Vorzüge, noch eure Fehler mehr für ihn sichtbar sein. Er wird durch eure Körper hindurch sehen, als wären sie aus Glas."

Sprachs und errötete vor Vergnügen über den Spaß, als er am Horizont unterging und zugleich mit den letzten Tagesstrahlen, die die Glatze des Gelehrten beleuchteten, das Bündel X-Strahlen in den Tubus schmuggelte. Und als die Nacht anbrach, da waren die Sterne außer sich vor Jubel und im Übermut warf gar mancher seine goldne Mütze in die Luft oder machte dem Gelehrten einen feurigen Kratzfuß. Leider nahm der Astronom von diesen Erscheinungen nicht das Mindeste wahr. Das Auge an das Glas gedrückt, starrte er in die silberblaue Nacht hinaus und verwunderte sich sehr, auch nicht einen einzigen Stern am Firmament zu erblicken. Ach! für die X-Strahlen waren die Himmelskörper ja durchlässig, als wären sie aus Glas! Er putzte bald die Brille, bald den Tubus, er drehte bald an dieser bald an jener Schraube; er griff sich verzweifelt an den Kopf, ob nicht etwa da eine Schraube losgeworden sei — aber das Resultat war immer das gleiche: wohin er auch das Glas richtete, überall statt strahlender Sterne — Löcher in der Luft, Löcher mit rosigen, violetten oder azurnen Rändern, gerade als ob das optische Instrument nicht mehr achromatisch wäre.

Da flog ein seltsames Lächeln über die Züge des Astronomen. Er bog die Mündung des Fernrohres herab zur Erde, so daß sie fast auf dieser aufstand. War er kindisch geworden? Wollte er die Sterne durch das Glas blicken lassen?

Er rückte ein hohes Postament heran und bestieg es. Und die Sterne waren sehr erstaunt und entrüstet über die tiefe Verbeugung, die der Gelehrte ihnen machte und in der er lange beharrte.

Die Wahrheit ist, Gallimathias dachte gar nicht mehr an die Himmelskörper. Er hatte andere Sterne entdeckt, schönere.

Die X-Strahlen reichten nämlich gerade so weit, um die ganze Erdkugel zu durchdringen, als ob sie aus Glas wäre. Damit war aber ihre Kraft erschöpft. Darüber hinaus reichten sie nicht. Und der Astronom blickte auf die Erde hinab, bis sein Rückgrat steif wurde. Was er da sah — bei unsern Antipoden sah — niemand hat es erfahren, aber das Lächeln in seinem Antlitz bekundete, daß es mehr war, als nur ein Loch in der Luft.

Auf den Inseln des Stillen Ozeans wandeln die Nachfolgerinnen der Königin Pomare, die schönsten Frauen der Erde. Und er sah sie von einer verführerischen Seite . . .

Nun konnten ihn die Sterne . . .